まいごのしにがみ

作・いとう みく
絵・田中 映理

理論社

「もし、あの、もし。」
ちっちゃな　声《こえ》に　かおを　あげると、くろい　ふくに
メガネを　かけた、やせっぽちの　おじさんが　いた。

「わっ」

びっくりして、しりもちを　つくと、おじさんは

ぺこぺこ　あたまを　さげながら、ハンカチで　おでこを

ふいた。

「おそれいりますが、道《みち》を　おたずねしたいのですが。」

ぼくは、しーっ、と　人《ひと》さしゆびを　はなの　まえに

あてた。

「ごめんね、いまは　だめ。かくれんぼしてるから。」

すると、おじさんは、まわりを　見《み》まわして　口《くち》を

すぼめた。

「どなたも　いらっしゃらないようですが。」

「え？」

ぼくは　立《た》ち上《あ》がると、　ほこらの　うしろから　かおを

出《だ》した。

さっきまで、公園《こうえん》の　入《い》り口《ぐち》に　たくさん　あった
じてんしゃが、きれいに　なくなっている。

「えー、ぼく、まだ　見《み》つけてもらってないのにぃ。」

おじさんは　こくこく　うなずいた。

「よく　ある　ことです。」

「そうなの？」

「はい、わたくしなどは　しょっちゅうです。」

へへっと、おじさんは　わらったけど、ちっとも
おかしくない。
「おたがい、かげが　うすいのでしょうねえ。」
そんなの　ますます　いやだ。
ぼくが　ためいきを　つくと、おじさんは
うわめづかいで　ぼくを　みて、むねの　ポケットから
カードみたいなものを　とりだした。
「わたくし、こういうものでございます。」
〈有限会社　死神本舗　水先案内課　１０２４号〉
かんじばっかりで　ぜんぜん　よめない。
「なんて　かいてあるの？」

「これはですね、
ゆうげんがいしゃ
しにがみほんぽ
みずさきあんないか
１０２４ごう、と
かいてあるのです。」
おじさんは、
ひと文字《もじ》
ひと文字《もじ》
ゆびさしながら、
ゆっくり　いった。

「おわかりになりましたか？」

「ぜんぜん。」

ぼくが　いうと、「こういうことでございます。」と、
おじさんは　カードを　うらがえした。

〈安全《あんぜん》・快適《かいてき》に　あの世《よ》へ　おつれいたします〉

「かんたんに　もうしあげますと、わたくし、
いいい、しにがみでございます。」

「しにがみ。」

「はい。」

そういって、むねを　はる　おじさんを　見《み》て、ぼくは
ぷっと　ふきだした。

しにがみは、

「うっそだー。」

だって、マンガとか　お話《はなし》に　出《で》てくる

もっと　おっかなそうだし、ちょっと

かっこうよかったりもする。

「いえいえ、うそなどでは。」

「だって、大《おお》きな　カマ　もってないし。」

「そんな　ぶっそうなものは、もちあるきません。」

「そうなの？」

「はい。」

「でも、おじさん、ぜんぜん　しにがみっぽくないよ。」

「よく　いわれるのです。また　イメージを
そこねてしまいましたか……。」

大《おお》きな　ためいきを　つく　おじさんを、ぼくは
ちらっと　見《み》た。

「もしかして　ほんものなの？」

「もちろんでございます。」

「じゃ、じゃあ、しにがみさんが　なんで　ぼくに？」

「じつはですね。」

しにがみは、へへっと　わらって、紙《かみ》を　ひろげた。

へたくそな　地図《ちず》が　かいてある。

「わたくし、このおたくへ　おじゃましたいのですが。」

と、カマの　マークを　ゆびさした。

「ここが、こちらの　公園《こうえん》だと　おもうのですが、
おわかりになりますか？」

ぼくは、地図《ちず》を　みて　ぷっと　わらった。

「これ、イカ公園《こうえん》じゃない？　足《あし》が　十本《じっぽん》
かいてあるもん。ここは　タコ公園《こうえん》。」

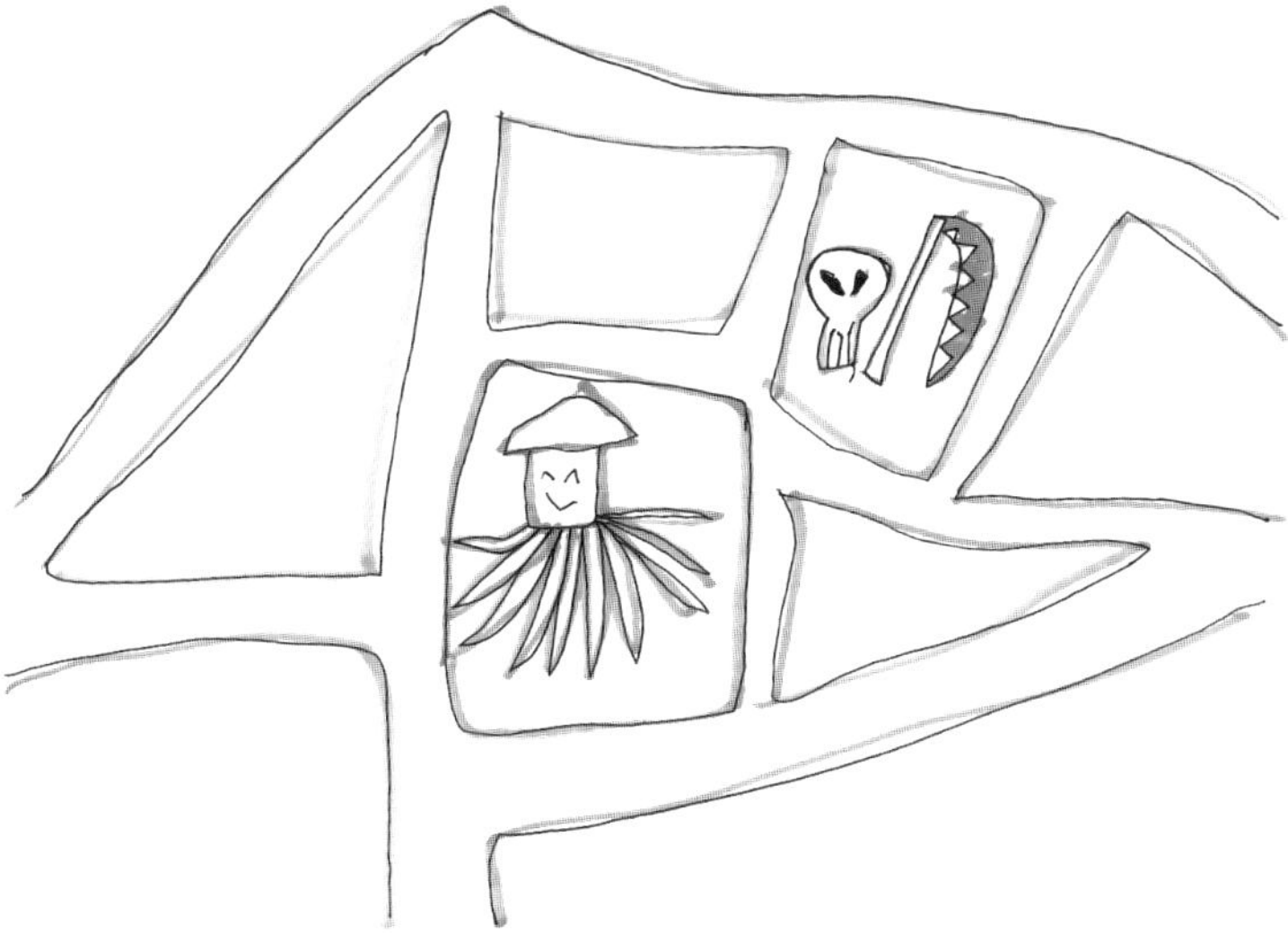

「な、なんと！」
そういって、しにがみは　あおじろい
かおを　ぽっと　あかくした。
「イカ公園《こうえん》は、ここから
とおいのでしょうか。
ごあんないいただけると
ありがたいのですが。」
しにがみの　声《こえ》は　だんだん
小《ちい》さくなった。
イカ公園《こうえん》は、ぼくんちの　すぐ
そばだ。

かえるついでに、ごあんないしてあげようかな、と
おもったけど……。

「やっぱり　だめ。」

ぼくは　あたまを　ふった。

「学校《がっこう》の先生《せんせい》が、しらない人《ひと》に　ついていっては
いけませんって　いってた。

名前《なまえ》も　おしえちゃ　だめだって。」

「わたくし、あやしく　見《み》えますでしょうか？」

「うん、あやしい。」

しにがみは　かなしそうに
メガネの　おくの　目《め》を　うるませた。

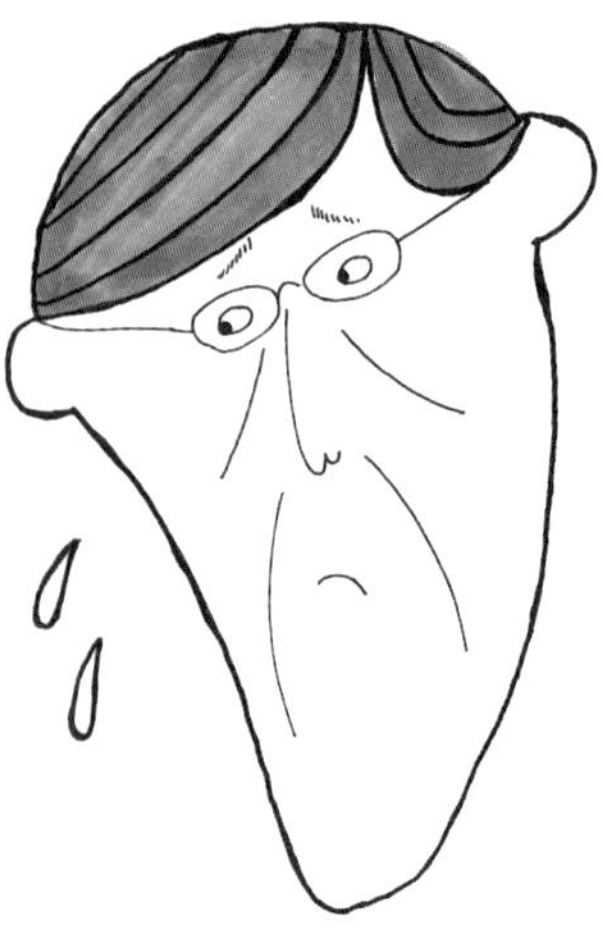

「だって　おじさん、しにがみなんでしょ。」

「はい！」

「じゃあ　もっと　だめ。」

「そ、それは　なぜ。」

「だって、しにがみは　いい人《ひと》じゃないもん。

っていうか、人《ひと》でもないじゃん。」

ぼくが　びしっと　いうと、しにがみは　細《ほそ》い　目《め》を、
それなりに　大《おお》きく　見《み》ひらいた。

「それは　さべつです。へんけんです。

いちばん　いっちゃ　いけない
ことばです！」

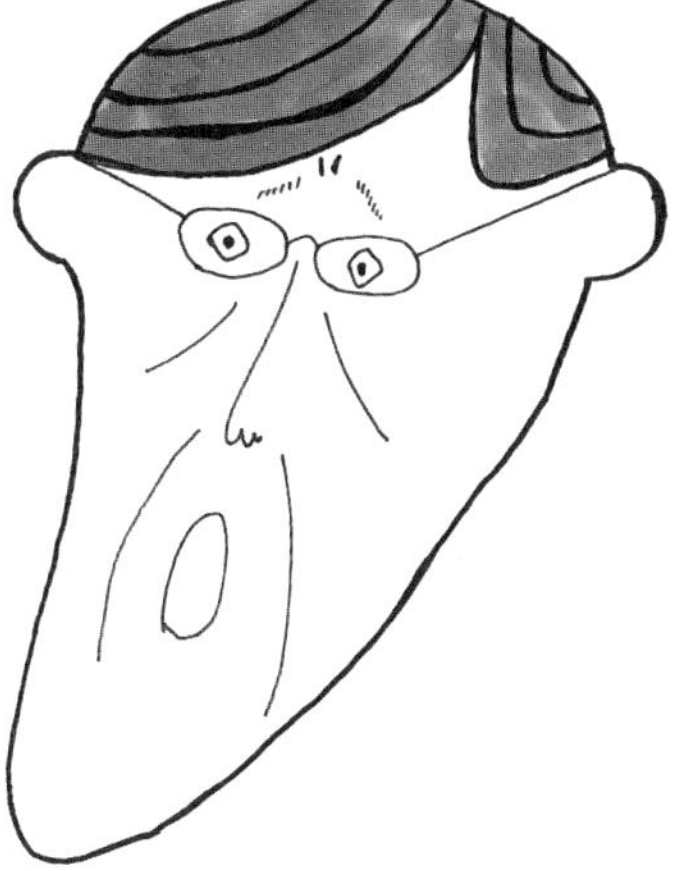

えっ？
しにがみの　はくりょくに、ぼくは　ちょっと　ひいた。
「たしかに　わたくしは、いい　しにがみとは
いえないかもしれません。」
そういって、しにがみは　とことこ
あるいて　ブランコに　すわった。
きーこ、きーこと　音《おと》がする。
「わたくし、いつも　えいぎょうせいせきが
最下位《さいかい》なのです。」
えいぎょうせいせきって　いうのは、
おしごとの　つうちひょうみたいなもんだ。

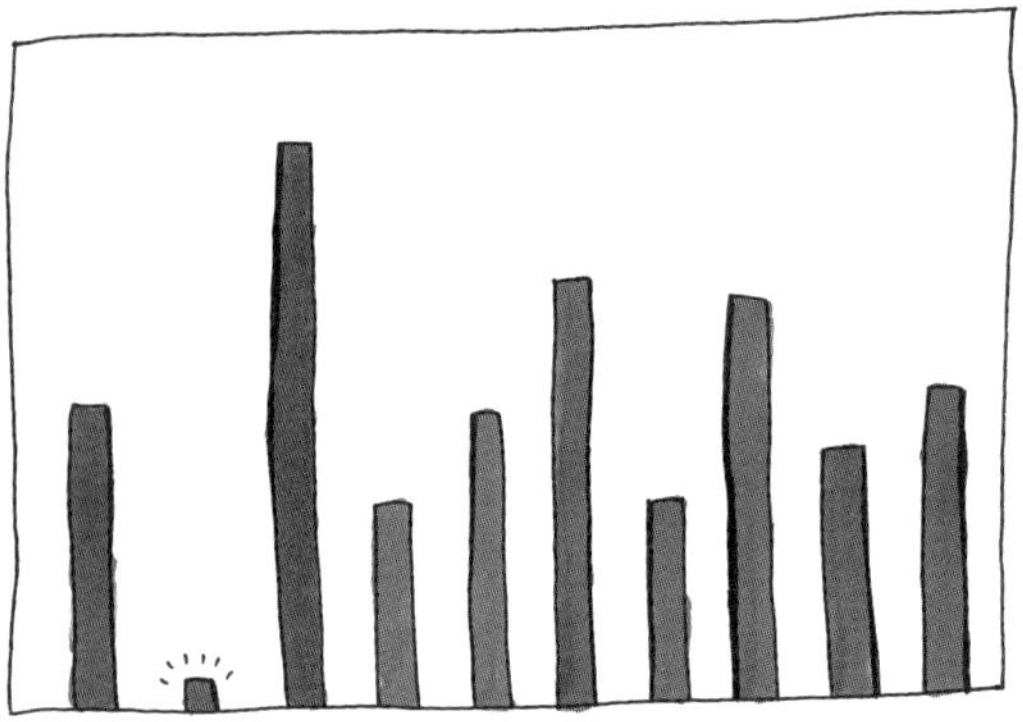

お父《とう》さんも、えいぎょうせいせきが　よかったとか、
わるかったとかって、ときどき　お母《かあ》さんに　いってる。

「最下位《さいかい》ってことは、びりってこと?」

「はい。ここ数十年《すうじゅうねん》。」

「すごいね! ぼくも この前《まえ》の テスト、
四十点《よんじってん》だったけど、びりじゃなかった。」

「では、あなたさまは ゆうしゅうなのですね。」

ゆうしゅうってことは ない。ざんねんだけど。

「お母《かあ》さんには おこられたよ。

もっと がんばりなさいって。」

「がんばらなかったのですか?」

「がんばったよ! ぼくなりに、だけど。」

「わかります。わたくしも わたくしなりに

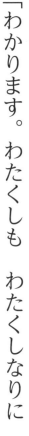

どりょくしているのですが。」
ぼくらが　どうじに　ためいきを　ついた　そのとき、
ぴゅーと　かぜが　ふいた。
公園《こうえん》の　まえの　道《みち》を、ゴーッと　トラックが
走《はし》っていく。

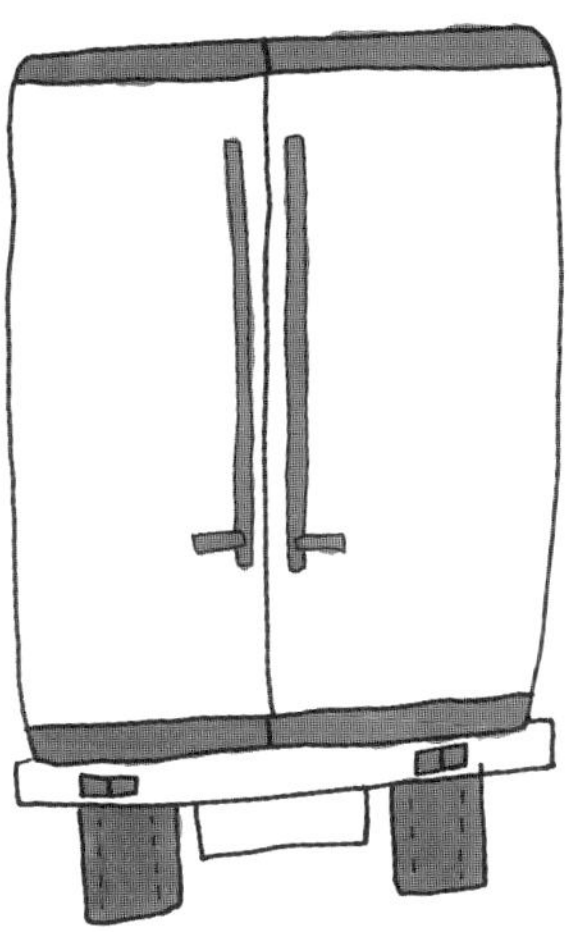

「わたくしは、情《じょう》に　もろいと
よく　しかられます。」
「情《じょう》に？　なに　それ。」
「そうですね、人《ひと》の　おもいを
かんじやすいと　いいますか、あいての
きもちを　かんがえてしまう、
と　いったところでしょうか。」
しにがみは　へへっと　わらった。
お母《かあ》さんも　先生《せんせい》も、
「人《ひと》の　きもちを　考《かんが》えなさい。」とか、
「おもいやりを　もちなさい。」って　いう。

ぼくの　あたまは、こんがらがった。

「それ、だめなの？」

「もちろんです。しにがみとしては　あってはならないことなのです。」

そういって、しにがみは　ブランコを　ゆらした。

「わたくし、自分《じぶん》でも、このままでは　いけないと、わかっているのです。ですが　つい。」

「つい、なに？」

ざざっと　ブランコを　足《あし》で　とめて、しにがみは　ぼくを　見《み》た。

足《あし》もとに、かさかさと　かれはが　ころがった。

「おむかえに　あがった　ときにですね、
その、ごかぞくの　おかおなどを　目《め》にしますと
どうにも……。なかでも、小《ちい》さな　お子《こ》さまは
いけません。これからと　いう　ときに、父親《ちちおや》に
だきついて、『おとうちゃん　しなないで。』などと
なくのです。もう、わたくしまで　なけてきて。」
しにがみは　ハンカチを　目《め》もとに　あてた。
「ついつい、おつれしそびれてしまうのです。」
「じゃあ、じゃあ、その　お父《とう》さんは　しななかったって
こと？」
「そういうことでございます。」

ぼくは　ぴょんと　ブランコから　とびおりた。
「しにがみさん、いいこと　したんだよ！」
「……と、とんでもない！」
りょうてを　バタバタさせた　しにがみは、あぶなく
ブランコから　おちそうになった。

「だいじょうぶ？」
「じゅみょうが　ちぢみました。」
ほーっと　いきを　ついて、むねに　手《て》を　あてる
しにがみを　見《み》て、ぼくは　ぷふっと　わらった。
「わらいごとではございません。」
「ごめん　ごめん。でも、しにがみにも　じゅみょうって
あるんだね。」
「もちろんです。生《い》きとし　生《い》けるもの、おわりは
あるのです。と　いいましても、わたくしどもの
へいきんじゅみょうは、人《ひと》より　やや　ながいのですが。」
と、しにがみは　かたを　すくめて、ぼくを　見《み》た。

「とにかくです。わたくしどもの　しごとは、
そのときが　きた　かたを、安全《あんぜん》・快適《かいてき》に
あの世《よ》へと　おつれすることなのです。」
「ふーん。」
「まよわず、れいせいに。
それが、ゆうしゅうな
しにがみです。いつも　トップを
きそいあっている、1011号《ごう》や
1249号《ごう》などは、それは　もう、
顔《かお》いろ　ひとつ　かえずに、
さっと　おつれします。」

「ちょっと　こわいよ。」

ぶるっとして　ぼくが　いうと、しにがみは　まゆげを
への字《じ》にして　うなずいた。

「ですが、これが　わたくしどもの　しごとでして。」

「たいへんなんだね。」

「わたくしも　まけてはいられません。今日《きょう》こそは、と、
きもちを　いれかえてまいったのです！」

「でも、道《みち》に　まよっちゃったんでしょ。」

「そのとおりで……。」

あんまり　しょんぼりするから、しにがみが
かわいそうになってきた。

「ぼく、ちょっと　しにがみさんの　きもち　わかる。」

「わたくしの　きもち、ですか？」

「うん。しんくんは　かけっこ　はやいし、みっくんは　ドッジボール　つよいし、まーくんは　えいご　しゃべれるし、さとしくんは　絵《え》が　じょうずだし。」

しにがみは、「ほー。」と　うなずいた。

「ぼくは　かけっこ　おそいし、ドッジボールは　すぐに　ボールに　あたっちゃうし、えいごなんて、アッポーと　バナーナしか　しらないし、絵《え》も　へたっぴだもん。みんなより　すごいことなんて、いっこも　ないんだ。」

Hi
ア…

ぼくが　いうと、しにがみは　ブランコを　とびおりて、
ぎゅっと　ぼくの　手《て》を　にぎった。
しにがみの　手《て》は、こおりみたいに
ひんやりした。
「にたものどうし、で　ございますね。
わたくしども。」
それは　やっぱり、うれしくない。
だけど……。
ぼくは　しにがみを　ちらっと　見《み》て、
しょうがないなって　ためいきを　ついた。
「イカ公園《こうえん》まで、つれていってあげるよ。」

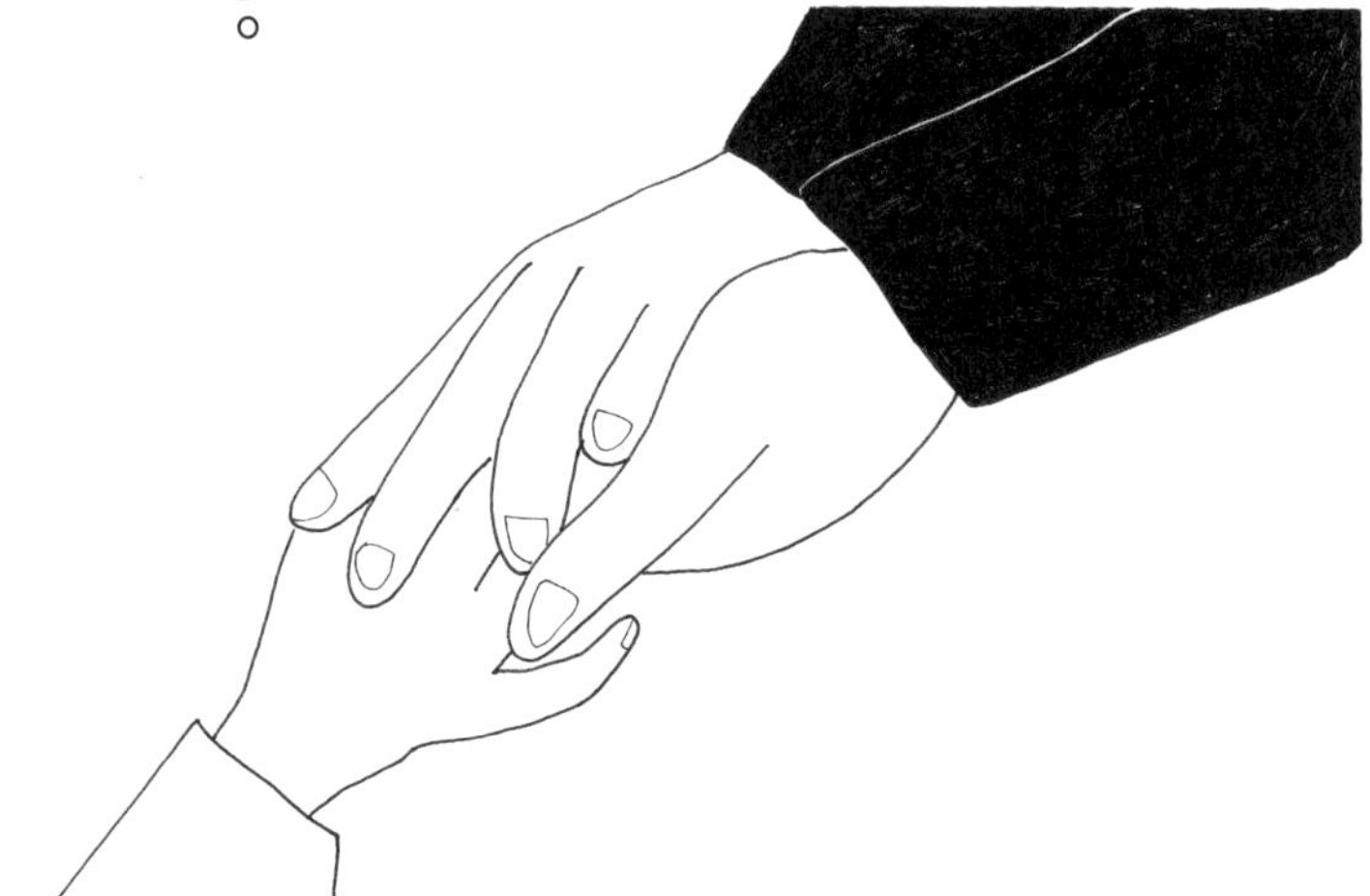

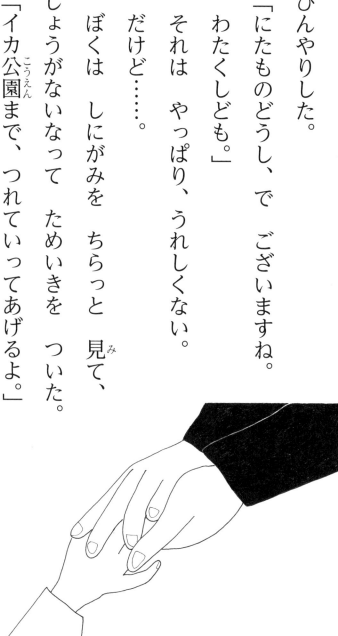

しにがみは、ぼくの　ちょっと　うしろから
ついてきた。
「ごめんどうを　おかけします。」
「ぼくの　うちも、こっちなんだ。」
「そうでしたか。おそれいります。」
ぺこぺこ　あたまを　さげながら、しにがみは
にたっと　わらった。
「あ、見《み》て、こうさてんから　三《みっ》つめの　しんごうが
ここだよ。」
地図《ちず》の　上《うえ》を　ゆびさすと、しにがみは　まわりを
きょろきょろして　うなずいた。

「と　いうことは、ここを　まがる。」

「ちがう　ちがう。しんごうを　わたってから
まがるんだよ。ほら、おふろ屋《や》さんの　えんとつが
見《み》えるでしょ、そこを　まがるの。」

「なるほど。」

「地図《ちず》にも　おふろ屋《や》さんの　マークを
かいておいてくれたら　わかりやすいのにね。」

しにがみは　いきおいよく　うなずいた。

「つぎは　おそば屋《や》さんのところを　右《みぎ》だよ。」

「おそば屋《や》さんでございますか。」

「うん、おそば屋《や》さんは　目《め》じるしに　ぴったりなんだよ。」

そば

「そうなのでございますか？」
「だって、いつも　いい　においが　するから、うっかり
通《とお》りすぎたりもしないんだ。」
「なるほど。」
と　いって、しにがみは　じっと　ぼくを　見《み》た。
「な、なに？」
「いえ、あなたさまの
道《みち》あんないは、
たいへん　すばらしいと
かんしんしていたのです。」
「そうかな。」

ぼくは　むねが　どきどきした。
そのとき、「あっ。」と　声《こえ》を　あげて、しにがみは
道《みち》ばたに　しゃがみこんだ。
「どうしたの？　おなか　いたいの？」
のぞきこむと、しにがみは　道《みち》ばたで、
くたっとしている　花《はな》に
そっと　手《て》を　あてていた。

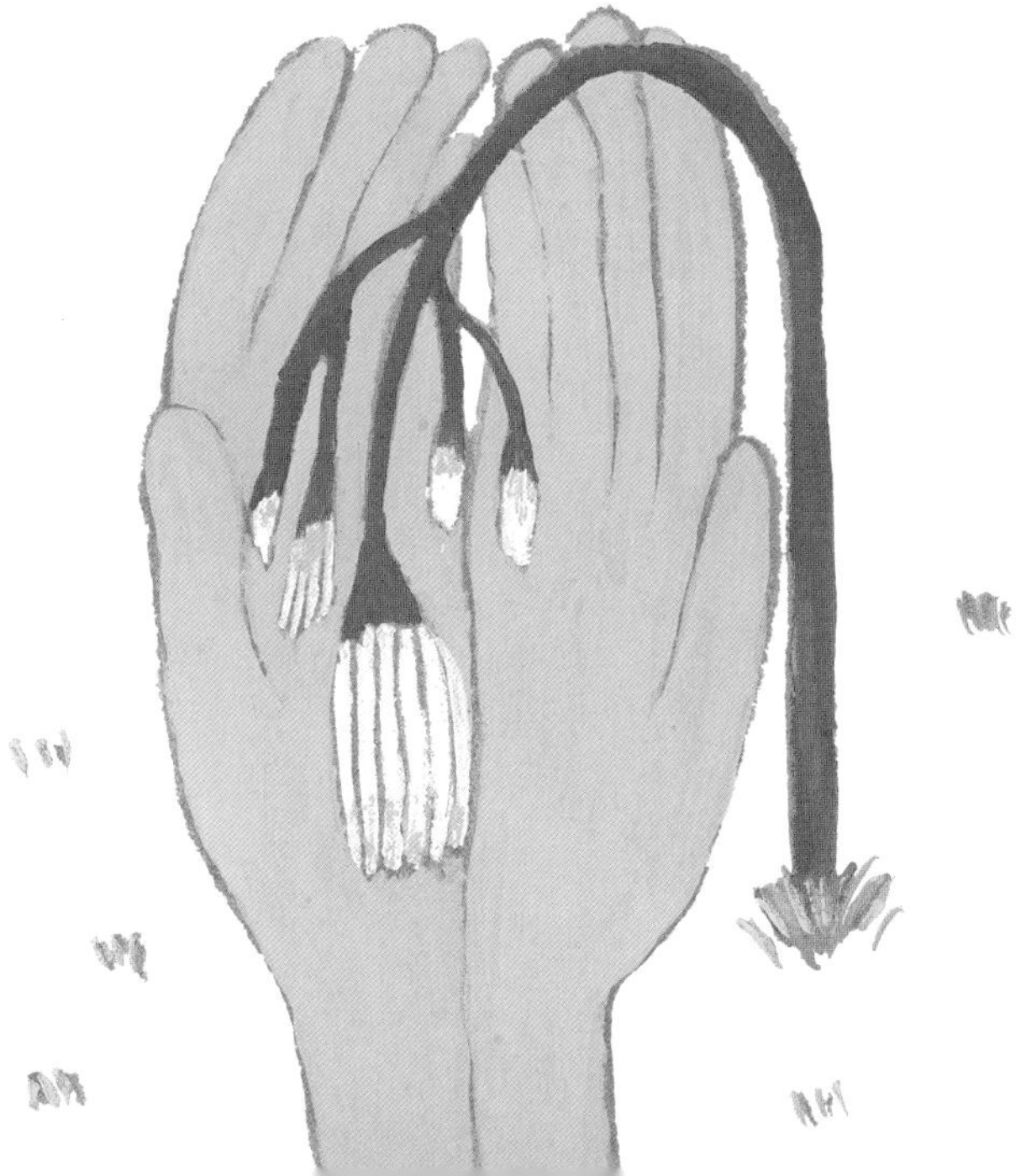

「かれちゃったのかな。」
ぼくが　いうと、
しにがみは　おもむろに
カバンから
すいとうを　とりだした。
じょじょじょじょじょじょ
「元気《げんき》に
なるのですよ。」
そういって
しにがみは　立《た》ち上《あ》がると、
「おや、あそこにも。」

と、道《みち》の　はんたいがわに　しゃがみこんで、水《みず》を
やっている。

「せの　たかい　タンポポだね。」

「いえ、これは　ノゲシと　いいます。

花《はな》は　タンポポに　にていますがね。」

「くわしいんだね。」

「はい。わたくし、こうした、けなげな　いきものを
みると、もう　むねが　いっぱいになってしまうのです。」

しにがみは　目《め》を　うるませて、ノゲシを
見《み》つめている。

風《かぜ》に　ふかれて　ノゲシが　ゆれると、しにがみは、
ほほほ、と　わらった。

「ノゲシに　おれいを　いわれてしまいました。」

「え、花《はな》の　ことばが　わかるの？」

「もちろんでございます。」

「すごいね！」

「いえいえいえいえ、それほどではございませんよ。」

「ううん、すごいよ！　あ、でも　いいの？

たすけちゃって。しにがみなのに。」

「わたくしの　たんとうは、人《ひと》ですので。」

しにがみは　ひひひっと　かたを　ゆらした。

そのとき、ぼくは　ぞくっとした。

やっぱり　しにがみは、本当《ほんとう》に　しにがみなんだ。

ってことは……。

「あのさ、しにがみさんは、おしごとに　いくんだよね。」

「さようでございます。」

「イカ公園《こうえん》の　ちかくの　家《いえ》の　人《ひと》が
しんじゃうってことだよね。」

「え？　ええ、まあ……。

おっと、道《みち》くさをしてばかりでは　いけませんね。

さあさあ、まいりましょう。」

しにがみは　くびを　かしげて、へへっと　わらって
あるきだした。

「しにがみさん！」

ぼくは　りょうてを　ぎゅっと　にぎった。

「な、なにか？」

「ぼく、しにがみさんの　おやくに　立《た》ちたかったけど。」

ぼくが　あんないしちゃったら、だれかが……。

いやだ、そんなの　いやだ。

「やっぱり、つれていってあげられない。」

しにがみは　まゆげを　下《さ》げて、こまった　かおを

した。

どうしよう。

だけど、だけど。

ぼくの　目《め》から　ぼろっと　なみだが　こぼれた。

「わわっ、いけません、いけません。ああ、なみだなど。」

しにがみは　きゅうに　おろおろしはじめた。

「わたくし、なみだには　よわいのです。」

そう　いって、大《おお》きな　ためいきを　ついた。

「わかりました。」

「え？」

かおを　上《あ》げると、しにがみは　かたを　すくめた。

「これいじょう、ごめいわくを　おかけしては
いけませんね。」

はなを　ぐすっと　すすると、しにがみは　なんども
うなずいた。

「わたくし、こちらで　しつれいいたします。」

「いいの？」

「おせわになりました。では　ここで。」

「う、うん、ま……」

またね、と　いいそうになって、ぼくは　あわてて口《くち》を　おさえた。

そのよる、ふっと
目《め》が　さめた。
まくらもとに
だれかが
すわってる。
「さきほどは、
たいへん
おせわに
なりました。」
「しにがみさん!?」
ぼくは　とびおきた。

「どうしたの？　また　まいごに　なっちゃったの？」

しにがみは、メガネに　手《て》を　あてて、せなかを　まるくした。

「じつは……。」

そう　いって、カバンから　ふうとうを　だして、その中《なか》に　入《はい》っている、しおりみたいなものを　ぼくの　まえに　おいた。

〈特割《とくわり》きっぷ　指定券《していけん》　この世《よ》　↓　あの世《よ》〉

「……もしかして。」

ぼくが　いうと、しにがみは　きまずそうに、ぼくを　見《み》た。

「その　もしかして、なので　ございます。」

「でも　ぼく、げんきだよ。」

「それが、少々《しょうしょう》　手《て》ちがいが　ございまして。」

しにがみは、ハンカチを　おでこに　あてた。

はなしに　よると——。

ぼくは　公園《こうえん》を　出《で》たところで　トラックに
ひかれるはずだった。

ところが、しにがみが　道《みち》に　まよって、たまたま
ぼくに　道《みち》を　きいた。

それで、ふたりで　話《はなし》をしている　あいだに、ぼくを
ひくはずだった　トラックが　とおりすぎてしまった。

と　いうことだった——。
「しにがみさん、ぼくを　おむかえにいくって、
しらなかったの？」
「はい。おつれするかたのことは、あまり　しらない
ほうが、きもちが　らくなのではないかと　思《おも》いまして。」

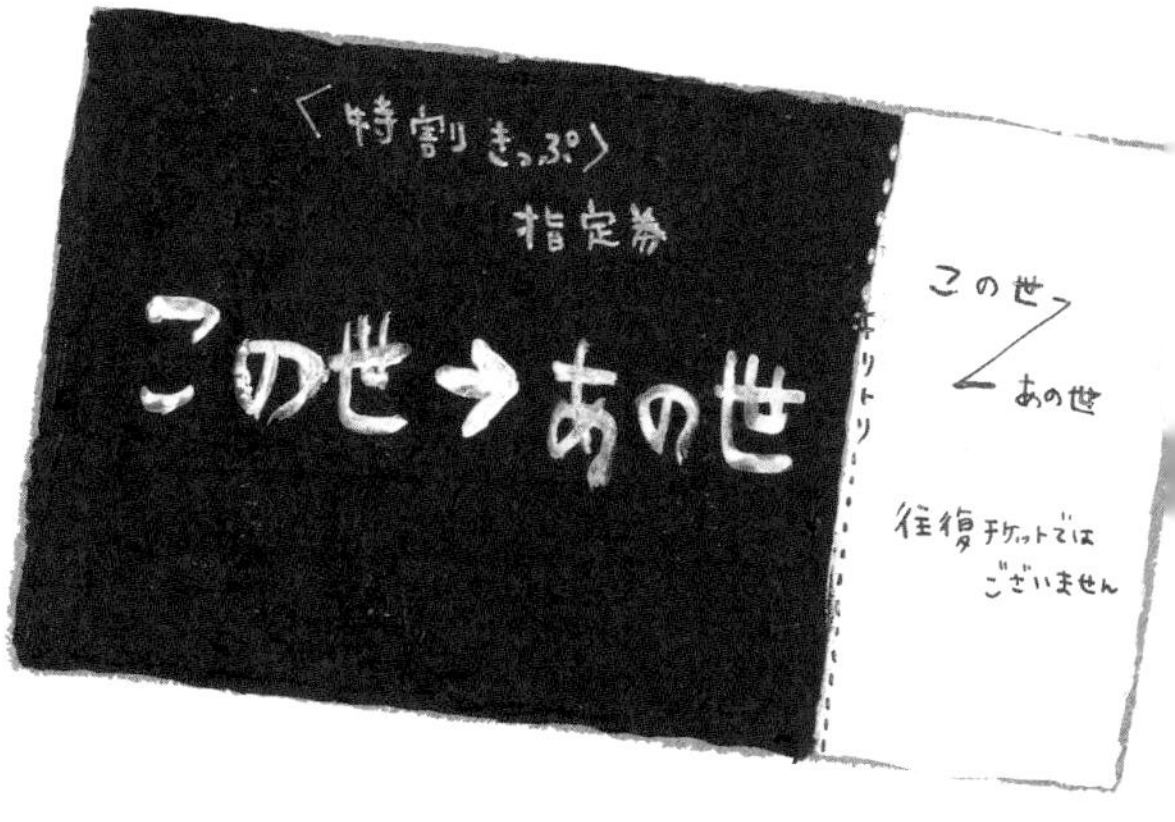

そうだよね。
花《はな》とだって　話《はなし》が　できちゃう、やさしい
しにがみなんだもん。
そとから　スズメの　声《こえ》が　きこえてきて、うっすらと
へやの中《なか》が　あかるくなった。
しにがみは　ぼくの　手《て》を　そっと
にぎった。
「ざんねんですが、時間《じかん》ぎれで
おつれすることは　できなくなりました。」
「じゃあ　ぼくは……。」
しにがみは　もういちど　ぼくの　手《て》を

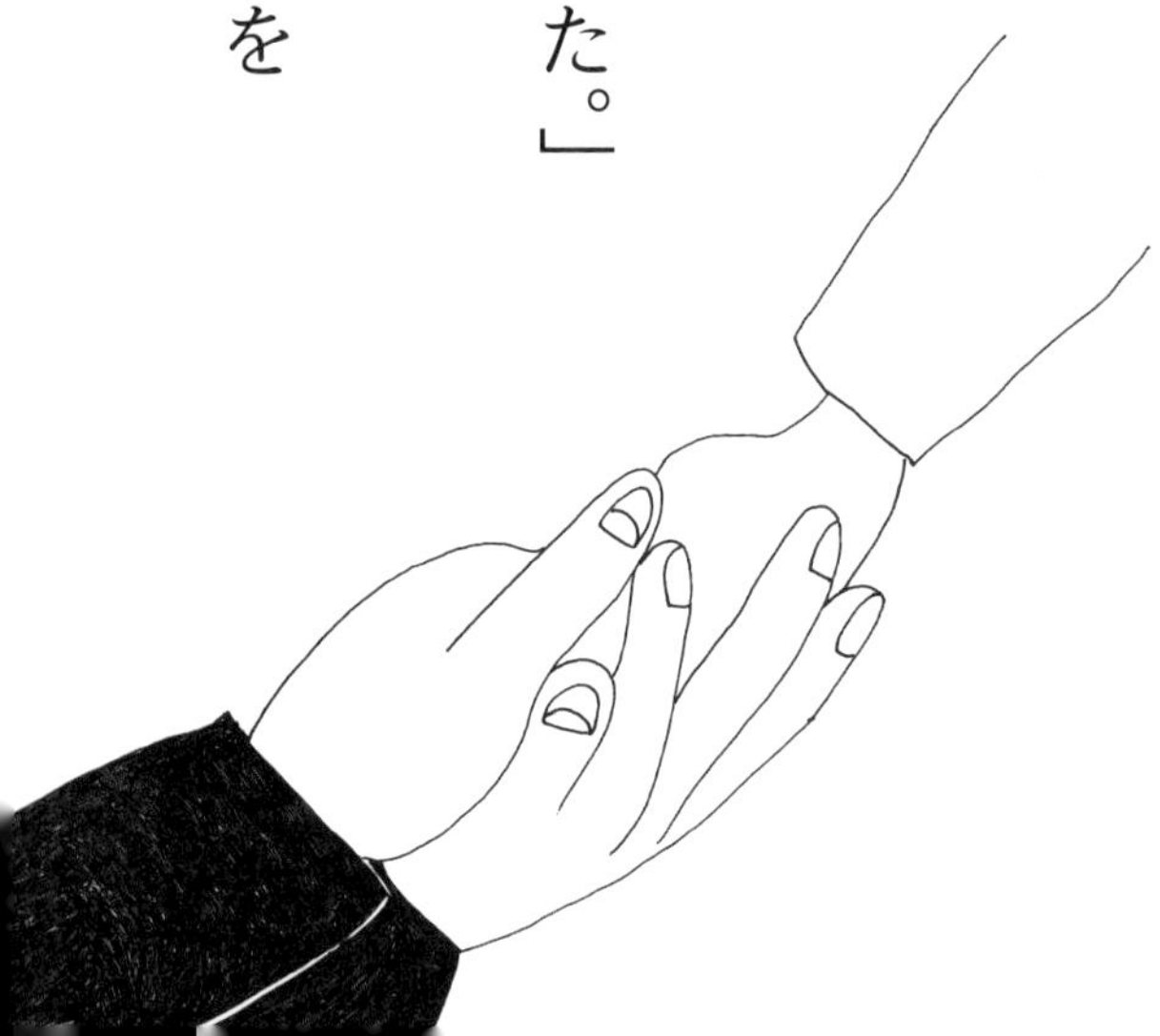

にぎって、それから　ふらりと　立《た》ちあがった。
「どうぞ　おげんきで。」
では、と、あたまを　さげたまま、しにがみは
あさひに　とけこむように　きえていった。

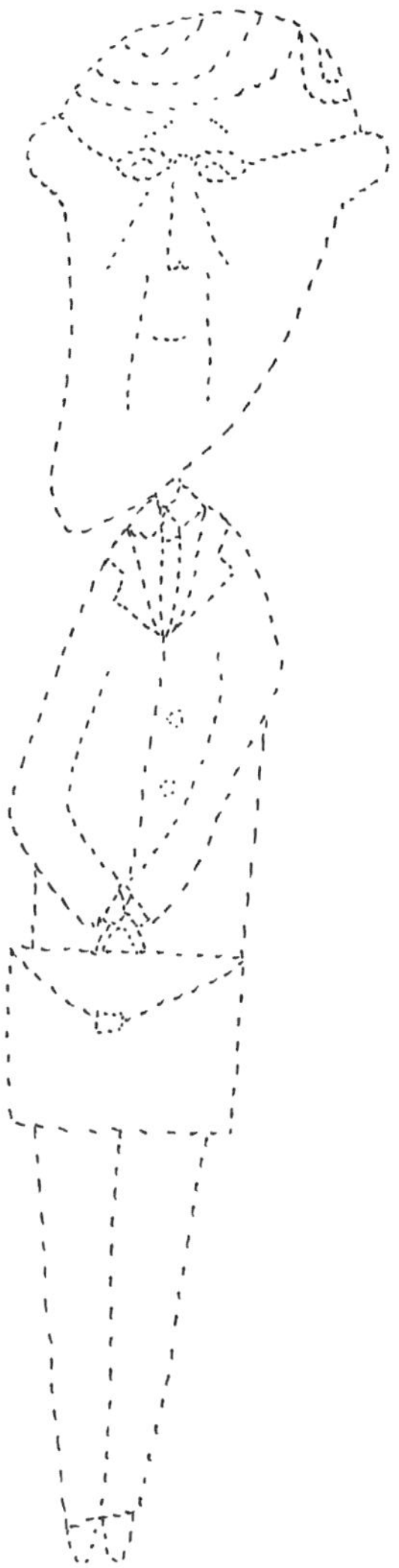

……あれから　二十年《にじゅうねん》が　すぎて、ぼくは
けいさつかんに　なった。
ぼくの　とくぎは、道《みち》あんないだ。

あんないしてあげると、みんな、「ありがとう」と
えがおになる。
そんなとき、ぼくは　しあわせだな、と　思《おも》う。
それで、あの日《ひ》の　しにがみの　ことを　思《おも》いだす。
少《すこ》しは　しごとの　できる　しにがみに
なっただろうか？
むりだな、と　わらった。
だって、やさしすぎるから。

「もし、あの、もし。」

小《ちい》さな　声《こえ》に　かおを　あげると、交番《こうばん》の中《なか》を
のぞきこんでいる　男《おとこ》が　いた。

「どうされましたか。」

と、立《た》ちあがって、ぼくは　どきりとした。

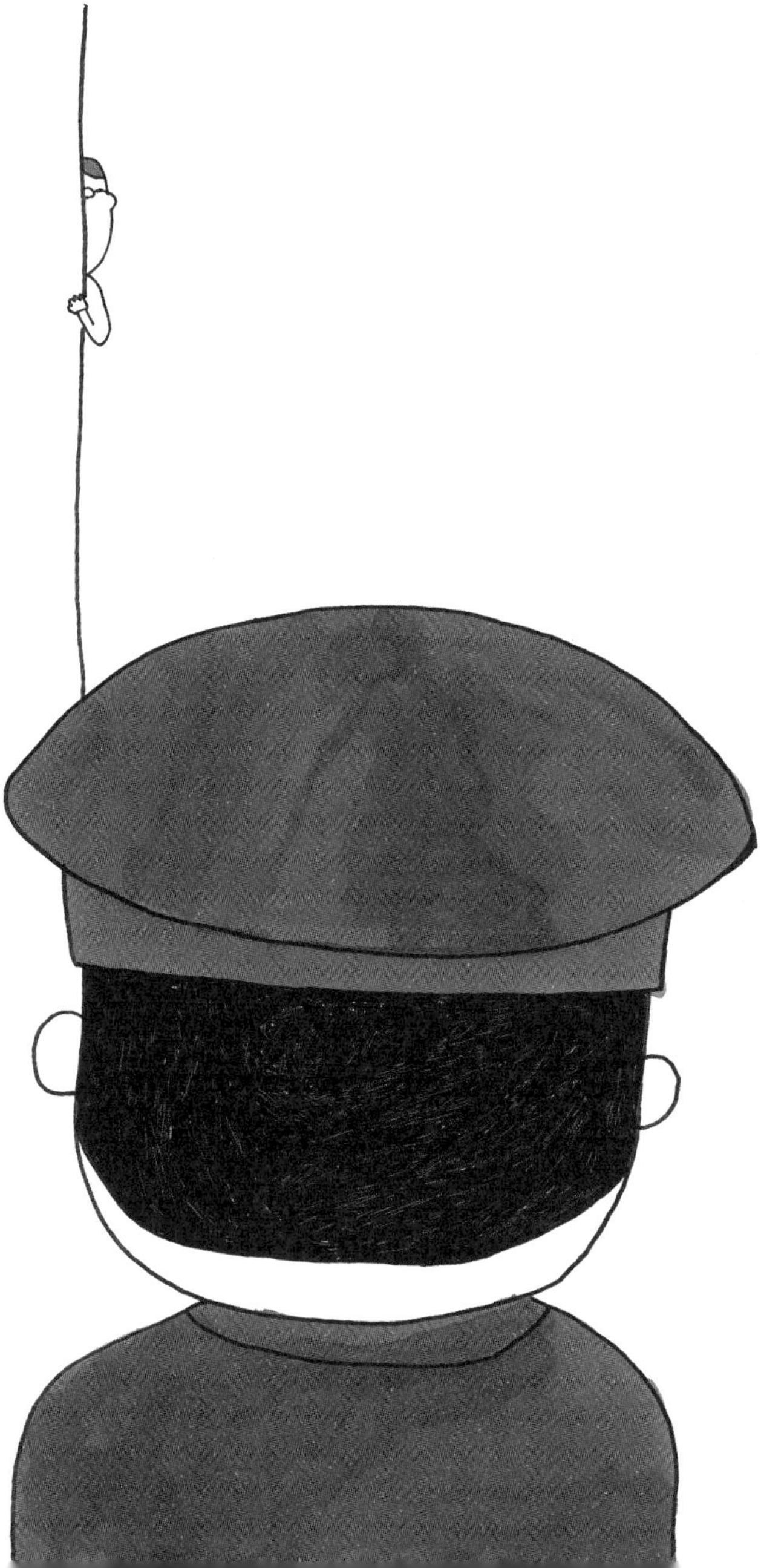

しにがみだ。
もしかしたら、こんどこそ　ぼくは……。
そう　思《おも》ったとき。

「道《みち》を、おたずねしたいのですが。」

そういって、しにがみは　ひょいと　かたを　すくめた。

「この　カフェの　そばだと　きいているのですが、あしたが丘六丁目《おかろくちょうめ》というのは。」

そういって、交番《こうばん》の　まえに　ある　「林《はやし》のカフェ」を　ゆびさした。

あしたが丘六丁目《おかろくちょうめ》……。

ぼくは　あたまの中《なか》で　六丁目《ろくちょうめ》を　思《おも》い出《だ》して、ああ、と　うなずいた。

「それなら　『林《はやし》のカフェ』では　なくて、『森《もり》のカフェ』ですね。」

「な、なんと！」

そう　いって　てれたように　わらう　しにがみに、
ぼくは　いった。

「あの、そちらには　おしごとで　行《い》かれるのですか？」

しにがみは　うなずいた。

「お花《はな》の　おとどけが　ありまして。」

「花《はな》？」

見《み》ると、しにがみは　むねに、「ハッピーフラワー」と
かいてある　あかい　エプロンを　つけている。

「じゃあ、お花屋《はなや》さん？」

「はい。」

ハッピー
フラワー

しにがみは　ぼくに
かおを　ちかづけた。
「わたくし、
てんしょく
いたしまして。」
しにがみは　ぽっと
ほおを　あかくした。
花屋《はなや》、
いいじゃないか。
やさしい　しにがみに
ぴったりだ。

ぼくは　まいごの　花屋《はなや》に、とびっきり　しんせつで
ていねいな　道《みち》あんないをして　見《み》おくった。

ハッピー
フラ

作 いとう みく

神奈川県生まれ。『糸子の体重計』（童心社）で第46回日本児童文学者協会新人賞、『空へ』（小峰書店）で第39回日本児童文芸家協会賞を受賞。『二日月』（そうえん社）『チキン!』（文研出版）が第62回、第63回青少年読書感想文全国コンクールの課題図書に選定される。その他作品に『かあちゃん取扱説明書』『天使のにもつ』（童心社）『きみひろくん』（くもん出版）『朔と新』（講談社）「車夫」シリーズ（小峰書店）「おねえちゃん」シリーズ（岩崎書店）など多数。「季節風」同人。

絵 田中 映理（たなか えり）

千葉県生まれ。保護犬の譲渡活動など動物関連の仕事を続けながら絵を描きつづけている。展示のほか、雑誌の絵、雑貨制作でも活躍中。単行本の作品は本書が初めてとなる。

まいごの しにがみ

2020年2月 初版
2021年9月 第3刷発行

作　者　いとう みく
画　家　田中 映理

発行者　内田 克幸
編　集　郷内 厚子
発行所　株式会社 理論社
〒101-0062
東京都千代田区神田駿河台2-5
電話 03-6264-8890（営業）
03-6264-8891（編集）
URL https://www.rironsha.com

デザイン　栗谷川 舞（STUBBIE DESIGN）
印刷・製本　中央精版印刷

ISBN978-4-652-20364-4 NDC913 21×18cm 63p